口福台灣食堂紀行

松岡政則
Matsuoka Masanori

思潮社

口福台灣食堂紀行

松岡政則

思潮社

目次

眼福

音相

装幀＝森本良成

口福台灣食堂紀行　松岡政則

眼福

口福台灣食堂紀行

歩くとめし。
それだけでひとのかたちにかえっていく
歩いておりさえすれば
なにかが助かっているような氣がする
荒物屋、焼き菓子屋、飾り札屋、
ちいさな商店がならんでいる
路につまれたキャベツや泥ネギ
魚屋をのぞけば漫波魚（マンボウ）の切り身
繁体字のにぎわいにもやられる
なにやらこそこそしたくなる

あおぞら床屋みたいなのがあった
ながい線香をつんだ荷車が停まっていた
ここでみるものはみなからだによい
黒糖饅頭ふたつください！
蒸籠の蓋をとりながら
阿婆がなにか言ったけどわからない
わからない、も愉しい
あいさつがあってよかった
あいさつとは態度のことだろう

路が岐かれている
えたいの知れないほうを択んでしまう
生活の残りがそこいらにちらかって
まども洗濯ものも恥かしい
ここにはぐまいな因のくらがりがある

分有したいたましい沈黙がある
知る、とは生まれるということだろう
からだの中まで触れにくる
ひかりのことをいうのだろう
「満腹食堂」にはだれもいなかった
聲はつけっぱなしのテレビだった
カウンターに洗いものの粥碗や
大皿がかさねられたままになっている
それが、なんかまぶしかった
こんなのがいつか
ひかりになるのだろうと思った
日本語でもかまうことはない
ごめんください！

集集線

バスはまだ来ない。
毛がまだらに抜けおちた病み犬が一匹、
はあはあいいながら町のほうへとこわれていった。
(犬にも世界の怯えがわかるのだろうか。
ここらの田んぼは刈り入れを前に、
あちこちで坪枯れがみられる。
ウンカにやられたのだ。
福建省や広東省、
ベトナムあたりからも飛来するらしい。
殺虫剤の大量使用で薬剤が効かなくなっているらしい。

いいやウンカではないこれも金融のやらかしたことだ。

どこかの職のないおとこが、
あばれて踏み倒したその跡だ。

労働はとことん貶められ、
普通がむつかしい狭い次はない。

誰もが自分を生きることができない。

そのいちいちが苛つくのだ。

不対不対（ちがうちがう）とあばれまくったのだ。

さっきの犬は巻き添えくらって、
おとこに蹴つりとばされたのかも知れない。

八時までには集集駅に着かなければならないそこから二水駅までもどらなければならない。

トマトと卵の炒め物もマコモタケスープもぶち旨だったあの定食屋は閉まっているだろう。

アミ。パイワン。タイヤル。ブヌン。ルカイ。ツォウ。セデック。タオ。クバラン。サオ。

あすは検問所で入山許可證をもらってルカイ族の霧台を歩く犬がいたら犬にも挨拶をする。

耳目の喜び聲のかなしみ傲慢で知ったげだといわれたいよう来たよう来たともいわれたい。

あたりが急にうす暗くなった田んぼと道路のほかはバス停の標識が一本立っているだけだ。

バスは来るのだろうか。

埔里《プーリー》

日本領台五十年、白色恐怖四十年。本省人、外省人、客家、原住民。いいや、そんなことは一切かんがえないめし屋にはいる。餛飩麵をたのむと、リーベンレンと聞こえてくるなんで日本人だとわかるんだ。

かつては平埔族の土地で、北杜夫の「谿間にて」の舞台にもなった埔里鎮。おんなのこが艸をちぎっては用水路に流していた。艸を罰しているのか小さなこころを罰しているのか。にーはお。へんじはない。

「男賓理髪」の看板に剃刀だけ当ててもらう。郵便局では昆蟲の切手シートを数種類かってみる。廟のまえをとおると、男が玉蘭花はいらんか、と聞いてくる。よそびとのわたしは、ぶーやぉ（いりません）。この偏った見る、偏った歩くが、いつかわたしの文体を支えてくれるだろうか。一斗缶で紙銭を焚いているのがいる。あらま、と思うところに洗濯物が干してある。この先なにもなさそうなのにドクドクする。漢化を受け容れてきたおだやかなひとびと。そのくるぶしはもっと南島の所作に系がっているのだろう。台灣は偶さかだった。だけどどうしようもなく出会ったのだろう。直立してわたしもだと言い張りたい。

＊平埔族　台灣原住民のうち平野部に住む民族の総称。現在政府が認定している原住民は十四民族、約五十万人。平埔族ではサオ族とクバラン族のみ認定を受けている。

霧社

莫那魯道《モーナルダオ》烈士之墓にはいかなかった。日本人殉難殉職者之墓にもいかなかった。食堂で小米酒（粟のどぶろく）をやりながら、醬油で煮込んだ豚足や、さっぱりと薄味の陽春麵をすすった。それからしばらく歩いて、この茶館によってみたのだ。老翁のはなす日本語は、なまりのないきれいな標準語だった。「蕃童教育所」を卒業しましたから。だははははと笑われる。試飲に淹れてもらったのはここらで採れた手摘みの高山茶。茶杯でいただく雑味のない芳醇なあまみ。「しかまんけ」はわかりますか。くびをふってみせると、琉球のことばで「びびるな」です。また、だはははと笑われる。なまなかな孤絶者《こだえもの》のふりなど、とっくにみすかされているのだ。事件のことはなにも訊かなかった。雨になるのか晴れてくるのかはっきりしない空だ。やまの路線バスがとおる。ペタコがやかましく鳴いている。

《始原には二つの太陽と二つの月があった》

《祖先は巨樹から出生した》

という神話をもつひとびと。

南投縣仁愛郷南豊村霧社。

遠さなら知っている。

うえの畑に犬がいる。

哀しみの温もりのようなのが。

こっちへ下りてくるのかもしれない。

いいやからだのなかに入ってくるのかもしれない。

＊莫那魯道　一九三〇年、霧社事件で抗日蜂起を率いたセデック族マホベ社の頭目。
＊「蕃童教育所」　日本統治時代、原住民が通った学校。
＊ペタコ　台灣、琉球南部にしか生息しない小鳥。シロガラシ。
＊『台湾原住民文学選5　神々の物語　神話・伝説・昔話集』参考。

フォルモサ

土のなかで、
眼がみひらいている。
どの眼も、
哀しみの芯のようなひかりを放っている。
あめつちを畏れた者らの、
翼よりも根をこそえらんだ者らの、
そのくさぐさをきく。

――五月の仔山羊。
小高い丘のガジュマル。

どの聚落にも大切な樹というのがあった。
眼となってじき、
イラ・フォルモサ（麗しき島）！
ポルトガル船の水夫がさけぶのをきいた。
はじめにオランダがはいりこみ、
北部にはスペインがはいりこみ、
やがて鄭成功が住みついた。

のびるよ、のびるよ、日本の国は、
北には樺太、南は台湾、
両手をひろげて、両足のばし、
のびるよ、のびるよ、日本の国は。

（西条八十「新日本のうた」）

ふざけた歌と三八銃で、

五十年間日本に根こぎにされた。
内戦にやぶれた國民党が、
大陸からこぞって雪崩れこんできた。
口も耳も塞がれ、
夜にはどこことも知れず連れ去られ、
われらのパットンカンを、
新高山と日本人は呼び、
漢人は玉山《ユイシャン》と書きかえた。
奪う者らの、
膏血をしぼりとるような強欲も、
その野蛮のかぎりももう遠い昔のことだ。
だがどうだろう。
あの蔑みのうすい笑いだけは、
つい昨日のことのようにまなうらにある。
もう睾《きんたま》も陰《ほと》もない。

時間のへだたりに意味はない。
四百年、「文明」のすることは変わらなかった――。

土の眼よ。
勁艸の者らよ。
そんなふうにみないでくれ。
どこにも帰属できないただの拗ね者、
あいさつになりたいだけの未熟な旅師だ。
それでもいま、
恩寵のようにくるものがある。
あれは湖のひかり、クマタカの影。
うつくしく波うつ粟。粟。粟。
魂とはまなうらのことだろうか。
いいや言ってみただけだ。
ほら、どこかで犬が吠えているよ。

竹を炙っているにおいがするよ。
このさみしいは、うれしい。

＊パットンカン（玉山）　ツォウ族の言語で石英。標高三九五二mの東アジア最高峰。

洛夫（ルオ・フ）

天氣預報は「晴時多雲」
どこか羞じらいのある朝のひかりをあびながら
屋台で牛すじいりの粥をすすった
ゆきかう聲も栴檀の樹も
なにもかもがすはだかだった

駅前の広場にでると
これから行商にまわられるのか
リヤカーをひいた阿婆がいた
手の、正直なひと

ていねいな暮らしぶりも知れる
ひさしぶりにたたずまいのうつくしいひとをみた
荷台につんであるのは南國のくだもの
釈迦頭（シュガーアップル）、楊桃（スターフルーツ）、芭樂（グアバ）
みたこともないふしぎなくだもの
ひとがだんだんふえてきた
サラリーマン風のおとこや
女子高校生ら
竹籠になにやらいれて
天秤棒をかついで改札にむかうひともいる
吃飯了嗎（ごはん食べた）？
時どきあいさつが聞こえ
そのたびに朝のひかりもつられて動いた
まぶしいってこういうことだった
まぶしいって、いいなあ

洛夫の「窓辺」という詩がすきだ
湖南省生まれの外省人という他はなにも知らない
それでも彼の氣配にちかづいている
世界は残酷で
きょうもあかるい

青空市

むき出しの聲にあたって歩くのもいいものだ、とソンガンは思う。あとは裸な、生きることしかのこされていないになりたいとも思う。みじかい石橋をわたって聚落にはいると、青空市が立っていた。油煙や蒸氣をあげて、ずらり食べ物屋がならんでいる。たっぷり弛んだ中年のおんなが、リヤカーで露地ものの野菜を売っている。一本二元の台灣風おでんがあった。天婦羅の看板が出ていたけどあれはどうみたってさつま揚げ。冷やかしていくだけの吝い客に、聲をあらげてやりかえす市人もいる。ソンガンは年画の版木を手にとってみた。明の時代のもので材は梨の木、と骨董師は言っている（ようだ。広場のすみでは麻雀やお茶を愉しんでいるのもいる。粗放な賑わいをでると、媽祖廟のまえを柴犬がうろついていた。奥のほうは鳩舎のある家がだいぶあった。

ご近所さんの胃袋だけを満たしているような、小さな「好日食堂」。土方風のおとこが食っている定食がうまそう指さして我也（わたしも）。人が良くなると書くから「食」だろうか。ソンガンは自分からはなしかけたりはしない。意味ありげな目くばせにも動じない。「ただいま口をきかない修行中」のヒンドゥー教徒になる。「ひとつところにとどまると精神が腐る」のロマにもなる。なる。なる。ナニジンにでもなる亜細亜の皮皮《ピピ》になる。文房具屋にはいってブヌン族の絵文字カレンダーを買った。つかうこともないのに分度器も買った。ソンガンは自分にいいきかす。礼儀ただしくいること、決して人を疑わないこと。そうやって歩くが歩くをわすれて貌になるまで、礼意をこめてくるまで歩き回るのだ。みるもきくも棒たくれになって、宿にもどるとそのまま丸寝してしまうこともある。だからといって、とソンガンは思う。遊びに来ているのではない。

喰うてさきわう

角の「萬珍食堂」は
地の者らでいっぱいだった
ひる時だからしかたない合い席させてもらう
魯肉飯《ルウロウハン》をたのみ
ガラス棚からおかず皿をとってみる
厨房では寸胴鍋をかき混ぜながら
一分刈りの親仁が注文をくり返している
「吧《バ》」とか「嗎《マ》」とか
わらい躁いで喰うひとびと
喰うて幸うひとびと

客家の里は美濃の食堂
この黄ばんだ濃い空氣に
呼ばれたのかも知れなかった
いのちをつなぐための喰うではない
喰う快楽のためにこそ生きるひとびと
國なんか背負わない舌のひとびと
わらうもんか、わたしもだ

生きのこす。
あとは土地が考える、というふうに
逃げるも抗うもひとつことだろう
知らなくても分かっている
美濃に同意する
どうにもならないから喰うて幸う
それが美濃の悼みかただろう同意する

氣がつくと川べりを
痩せ犬について歩いていた
わたしは拐かされているのか
はた眼には二匹の犬にみえるのか
ボリビアなど行ったこともないのに
ボリビアの川みたいだなと思った
もってうまれたもの以外を生きたがるから
いつも歩きすぎてしまうのだ
なかなか

タイペイ

自分のことだけで精一杯
ひととして困ったところがある
そういうひとが好きだ
なにやらもう賑っている
ひとびとの聲が
地を這うように聞こえてくる
熱い豆乳に揚げパン
これでなければ台灣の朝ははじまらない
耳の奥の空ろへ
食器のぶつかる音がひびく

シャオハイ（こども）の笑い聲もひびく
血くだがいちいち嬉しがる
わたしは雑多が足りないのだ音が足りないのだ
きょうは一日
タイペイのいいかげんな行列になる
麵類ならなんでもこいだになる
ティーホワ街、ヨンカン街、ナンスーチャオのビルマ街
誰もわたしを知らないはうれしい
わたしも知らないわたしでうれしい
地下鉄の一日票を買いにいく
服務台のおんなは事務的かつ命令口調で
請説慢一點（ゆっくり話してください）
といっても容赦はない
こうゆう目に遭うのもあんがい好き
聲や物音との一瞬のかかわり

わたしは上っ面だけを信じている
月台（プラットホーム）へ階段を下りていく
途中、エスカレーターで昇ってくる清掃のひととすれ違う
ちょっとずれていたら会わなかったひとだ
そうやっていつか
身元不明の
ひきとり手のいない
不法滞在の行旅死亡人になる
うすいみどりの耳になる
ブヌン族のブヌンとは
人間という意味らしい
それも好き

伊達邵《イーターサオ》

蘚類の、苔類の、
鮮やぐみどり。
みどりが、みどりが、
なまなまと眼のおくに流れこんでくる。
ここらの植物どもは勢いあまってわれをわすれ、
いまにも動きだしてきそうだ。
羊歯の葉は一メートルをゆうに超えていた。
鈍四角形の四方竹という竹をおぼえた。

「歓迎來到」

朝食つきの安宿をとり、
にぎやかな露天を覗いてまわる。

「山豬肉　三串一〇〇元」

「楊桃　七個五〇元」

「現榨　樟腦油」

「田哥　檳榔」

台灣は眼のやすまるときがない。

字面を歩くだけでドクドクする。

ルビはふらないでおこう。

たぶらかされたままにしておこう。

臭豆腐の揚げたのをたべ、
生煎包をたべ、
パイナップルの葉で包んだぶた肉入りの粟餅をたべた。

地景ごといただく。

まじないの埋めこまれた文字の力もいただく。

そうやってはらわたまで伊達邵になりたかった。
「清潔料一〇元」をはらわされ、
小便をすませておもてにでたところにだ。
日本のおんなみたいなのが、
しんこくぶった面倒くさそうなのが、
みずうみのほうからこっちに向かって來る。
不來不來（來るな來るな）。
わたしにはいやなところがある。

＊伊達邵　日月潭の湖畔にある邵族の聚落。現在三百人といわれる台灣で一番小さな部族。

高雄

夜市の裸電球《てっかり》と、
あかいランタン。
べた凪の高雄の夜を、
肌シャツのおとこがわめきながら通りすぎていく。
かかってこいとか、
死んでやるとかいっている(ようだ。
わたしはプラスチックの椅子に坐って、
芋の葉の炒めものをつついたり、
アヒルの水掻きにしゃぶりついている。
白酒《パイチウ》をやりながら、

台灣のどこかしら破れているを、
その始末に負えないを、
けっして治らないだろうをながめている。
廟前街の入り口あたりで、
まだおとこのわめき聲がひびいていて、
ことばに怯えた時代から来たのか。
それともこわれたふりをして、
ただ面白がっているだけなのか。
そんな者には頓着しないというふうに、
ここの親仁はバラエティー番組をみて笑っている。
夜のバスがとまる。
二人、三人とおりてくる。
犬がチラッとだけみえた。
世外者《せがいもの》がシケモクをあさっていた。
人口百五十万人。

「働く街」といわれる高雄。
わたしはもう何年もおおきな聲をだしたことがない。
それは耻かしいに決まっている。

＊白酒　コーリャンが原料の無色透明の蒸留酒。八割強が金門島で造られる。アルコール五十八度。

ダマダマ！

第五天（五日目）屏東

ダマダマ！
日干し煉瓦の漢式家屋がならんでいる
のきばに発泡スチロールのトロ箱がつんである
サトウキビの喰いかすとかが散らかって
このあけっぴろげの地貌はどうだ
汚れたものの中にあるどうにも汚せない清らかなもの
ここにはわたしをよろこべるひかりがある
ひろばになったところで

赤銅色の男らがなにやら騒いでいた
上半身裸、というのもいる
なにをもめているのかわからない
(漢語ではないタガログ語にちかい音
まぜっかえすのがいるのだろうどっと笑いがおきた
あいさつだけが頼りの食堂探索
でもだいじょうぶ
わたしはなにも知らないことを知っている

ひるめしは咸魚炒飯に海藻スープ
お玉で中華なべをたたく音が食堂を生きものにする
具材はこまかく切った鶏肉に咸魚
きざんだネギやカイランサイの茎がはいっている
ひとの舌というものを知り尽くした味で
うまいにもほどがあった

たいがいにしろだ台灣

ダマダマ！
駅前の本屋にはいる
図説の農具の本をさがすもなかなか思うのがない
竹であんだ丸口箕をどう説明すればよいのか
週一回の中國語教室では
店員さんもよわっておられる
鼻母音も、そり舌音もむつかしい
けっきょく図鑑『台灣常見的蝴蝶』だけ買って店をでる
はす向かいには山羊肉料理店「正宗」
そのとなりが「芋頭冰（タロイモアイス）大王」
この土地のまなざしが
そのあぶらぎった息づきが
わたしをまったき独りにする無籍者にしてくれる

こんな自分になれるとは思わなかった
百ccのスクーターに乗って
いま坊さまが通られた

あすはいよいよ三地門にはいる
原住民の平均所得は漢民族の半分ほどだという
ふいに父のまるいロイド眼鏡が
竹細工の道具箱がよぎった
わたしはあそこから来たのだと思った
ダマダマ！はごあいさつ
パイワン族のこんにちは！

＊咸魚（ハムユイ）　塩漬けにした干し魚。

音相

げんげなのはないぬふぐり

どの民族のあいさつにも
ひかりの素顔があるだろう
連綿とつづくさみしい問いがあるだろう
やまのバスをおりて
みちばたで地図をひろげていると
ええ日和になりましたのう！
じげの者にあいさつをされた
かるく頭をさげてあいさつをかえす
なんか、いい気分
足もとから叱ってもらえたような

祖《おや》らの聲にであえたような
あいさつにはそういう力がある
世界はモノではなく
コトの現われだとわかる
総合病院筋弛緩剤一本所在不明
どうしていいかわからないからあいさつがあるのだろう
ランドセルをゆらしながら固まりおりてくる
ここらのこども、ここらのこども、
からだがだんだん晴れてくる
あいさつ以外はじゃまになる
すれ違いざまつぎつぎと
ただいまかえりました！

書いてはやめる。

手。いつもふきげんだった手。シベリア帰りの、竹細工師の父の手。
あれが私の野っぱらを固くした。キンエノコロの花穂が群れて、夕
陽のなかひかり輝いている私には艸でしか埋められない箇所がある。

黙っていろ素手でいろ。なぜとはなくそう自分に言い聞かせてきた。
すそやまの高圧線鉄塔さび朽ちたトタン波板。私はだれを忘れてい
るのか。携帯が圏外になる身内がだんだん濃くなる喉が喉になる。

(と書いてやめる。

タジク人にもハザラ人にもパシュトゥン人にも会ったことはない。
ジャララバード郊外のコラム村も、カンダハル東部のチャカリス村

も、自由の国にふっ飛ばされた。私も村の名などじき忘れてしまう。

二枚の写真。①老人がたち尽くしている分離壁建設のために伐り倒されたオリーヴの林で。②ブルドーザーが二台きた。三十分後にはハッサン君の家も棗椰子の樹もきえていた。今日一日おのれを疑え。
（と書いてやめる。

どんぶり飯の炊き出しに、ながい列ができている若いおとこもならんでいる。私はどこにもならべないいばちあたり。空ごとばかり書きつけて、それでも日記だった日記だけがドクドクする息をしている。

半月。ベランダで岡山のももを食う。手をべとつかせながら薄い皮をむく。その熟れているを垂れているを啜るしゃぶりつく夜のもも。中のさねがぴくんと震えているのがわかるどこまでが果物なんだ。
（と書いてやめる。

空をはじめる

ことばの息
ことばの仕草
その震えだけをしんじている
艸でいくことにする
土地はがんらい択ばない
姿勢のよいひとにはさからわない

弱いから歩くのか
父をよく知らないからか
川原は省けない

これも血だからしかたない
艸でいくことにする
帰りなど一度もなかったではないか

なんで行間が
よごれてしまうのだろう
祖法にしたがって
そらをはじめる
艸でいくことにする
念仏はわたしではなくなるのがよい

犬が低くうなっている
あんたらにも合わす顔がない
三月の郵便受け
艸でいくことにする

恥かしいはたいせつだ
だれにいうのでもないのだけれど

信じるひと

うそをついている手
うそをつきとおす手
でもいまのは知らない手
わたしのではない
なにかを引きむしるようなものがあった
聲をさがしているようでもあった
遐い祖らの仕業だろうか
さわってはいけないものに
さわってしまったのだろうか
雨をしたくなる

いっぱい雨をしたくなる
（わたしといえばいうほどわたしではなくなってしまうバスはまだこない
アーミナ、アーミナ、
わたしらはいまどこにいるのか
詩そのものを伝えたいのに

からだのうちがわは
文字よりもかなしいのだ
わたしはこどもらしくないこどもだった
いいやこどもであったことなど一度もなかった
かおで雨を享けながら
くるくると回ってみようか
わたしをばらばらに飛びちらかそうか
いまなにか言ったら
きっと不潔な聲になってしまう

いつだってそうだった
ことばよりも歩くことのほうが大切だった
（わたしではなくなるわたしをささえているのはもうむれた艸の穂だけ
アーミナ、アーミナ、
もうわたしを出ていくよ
いよいよ歩くだらけになるよ

バス停のみえる場所

わかっている
詩にあんなことをさせてはならない
窓の外はうすめられた闇で
闇ともいえない恥かしい闇で
複合マンション建設現場の
大型くい打ち機のきいろいアームがみえる

なぜとはなしに
川竹のにおいをかいでみたくなる
どこかの地名に糾されにいきたくなる

艸が吐きだしているつぶつぶのまことに
田面に映るうすいみどりのまことに
からだごとさらわれたくなる

ハレの日の帰り
身内で夜みちを固まり歩いたことがあった
みなの聲が峪間にはねかえり
銀河のかなたへと吸われていった
あの闇はよかったあれこそが闇だった
ひとは闇にも支えられていたのだろうか

このまま夜通し歩いて戻ろうか
バス停のみえる場所では
スイバやカラスノエンドウが勢い
ベニシジミもモンシロチョウも忙しないことだろう

ひとはひとの姿をみつけると安心する
あいさつはそのまま土地のちからになる
つづいてお世話になります！

蚋

普通はさみしいのか不潔なだけなのか。
てきとうに笑ってみせているけどそれも面倒くさくなった。
朝刊に「行政書士　戸籍謄本等不正取得」。

風があるとお山がしろっぽくなるのはたいていがドングリ。
クヌギ、アベマキ、シイ、ウバメガシ。
ことばのくる日は助詞をまちがえたい。

眼に、なにかはいった。
瞬きしながら眼ん玉を動かして端によせる痛い痛いブヨか。

赤ジソの畑で艸を焼くひとがいる。

たたかれることにして立っていた。
いえのことをついよそでしゃべって親に面恥かかせたのだ。
あれからずっと誰かになりすましている。

ひとを見下している眼というのはどうにも隠しようがない。
あなたの文章にもそれがある。
からだが時どき用水路をみたがった。

ただ一向《ひたすら》に念仏するだけでよいという教えなどしんじない。
でないと自分のことがもっとわからなくなる。
艸に触れながら艸にも触れられていた。
二〇年も詩を書いて一篇もたいしたのがない。

ひとのもたまげたことはなかった詩はもっとすごいものだ。
半透明のウスバシロチョウが二頭いる。

埣越え専門、という男のはなし

（どこの埣でだったかはわすれた。
（里人石工によるとおもわれる、
（なんとも古拙な石仏をみたことがある。
（右手を頰にあて首をかしげ、
（おうどうに片膝立てて坐るやつで、
（じげもんらは「歯いた地蔵」と呼んでおる。
（いいや如意輪のはなしではない。
（竹筒に春の野花を挿し、
（ぼた餅をそなえ、
（しばらくしゃがんで拝んでいた婆さまのことだ。

（といってもはなしをしたわけではない。
（顔もなりもおぼえておらん。
（こっちに気づいたから、
（会釈はした。
（それだけだ。
（それだけだのに婆さまはぼそっとゆうた。
（二度と生まれてこんように拝みました、ええ。
（石仏は石仏で、
（泣いておるのか笑っておるのか、
（ふるぼけてよくわからないお顔だった。
（里人とおんなじようにそこに生きておられた。

男のはなしはなぜとなく、
わたしの詩にわるい影響をあたえるとおもう。

雨にしかわからないことがある

「白い雨が降ると潰《つえ》（土石流）になる」
誰かがぬし様を怒らせたのだ
中一の夏だった
ムラは局地的な片降りで
それは息苦しいほどのだあだあ降りで
降るなんてなものではなかった
このままでは橋がもたんど！
お山もいつ抜けるかわからんど！
朝から男衆《おとこし》がさわぎたてていた
辺りがだんだん白っぽくなって

ふざけた降りはもう雨とも呼べなかった
黒漆喰の竈《くど》
の前のかたまり
母の背なだった
母がしゃがんで顫えている
いいやからだから暴れでようとするものをひっしに抑えつけている
聲がでなかった
なんぼにも聲がでなかった
いのちじゃけぇしょうがなかろうが！
あとでそういって笑っていた
自分のものであって自分のものではない
いのちとは、げに恐ろしきものだとそのとき知った
雨と、男衆と、竈と、母と、
ぜんぶで夏のいのちだった
たまごでも焼くか

宇品島

ヤマモモの
あまずっぱいにおいがする
モンキアゲハが葛のしげみに消えていく
のっかっている勤しんでいるコガネムシが必死で
いのちがまるみえ、は恥かしい
たっぷりじらして雨をためこんで
それが六月だ
夏のかたまりをずるりと産む月だ
似島、峠島、金輪島、
艸を揉んで、においを嗅いでみる

国有林界の杭のあたり
三脚をすえて蜘蛛の写真を撮っているのがいる
わかいのに変わったおんなだ
話しかけてみたいけど
そんなことがむつかしい
（そうやって成長の機会をのがしてきた
おやの躾が足りなかったのか
おやはそれどころではなかったのか
あいさつもころくにしない
われわれ、であったためしがない

節理、岩脈、海食崖、
七〇〇〇万年前の花崗岩だという
道ばたのギシギシ、カラムシ、

ネジバナやホタルブクロも咲いている
悦ばしげにぴくついていやがる
蟲も艸花もみだりで節操がない
周囲三キロほどの瀬戸の小島
それでもどこかで東北が気になるのだろう
島ごと息を止めたかのように
ふいにしずまりかえることがある

ののものののみど

からだのどこにも
根性と呼べるものがない
だれに嘘をついたかもわすれてしまった
うっすらいたからこうなった
水溜りにカラスアゲハがおりている集団で吸水している

なにかのひょうしに
あなたの手にふれたことがある
あの時あなたの全部にふれた気がした
それは伝わらないではいられないものだ

イタドリが長けまくっているひとの背たけをこえている

複眼のみどりと静止飛行
オニヤンマがパトロールを続けている
クレヨンで画いたような濃い夏だ
じぶんのことなのにわからない
なんであんなことを言ってしまったのか嫌で嫌でやれん

野の者の喉でおらび倒してやった
じぶんの聲ではあったが
祖々《おやおや》の聲でもあった
独りと、肉慾と、野っぱらと、
そこにどんなちがいがある同じことばのような気がする

聾

生石《いきいし》。
ウマノスズクサ。
歩くのなしうること、なりうるもの。
聾にはいろんなことどもが雑じっている。
そうはしなかったわたしや、
祖々の空までかぶさってくる。
それはしかたのないことだ。
イイタイコトとは別のことを口にしてきた。
やましい喉をつづけてきた。
聾はからだなのか、

こころなのか。
自分のどこが恥かしいのかわからないは恥かしい。
ふつうの先にある明るみがおそろしい。
たいせつなのは態度だろう。
いろんなものが雑じっていても、
聲を聞けばそれがわかる。
あやまりたい。
わたしの聲は犬を飼ったことがない。

艸の実、艸の実、

ひかる雨を歩いてきた
ひとはときどき無性に雨にぬれたくなるものだ
からだが決めることはたいていてい正しい
雨は未来からふるのか
過去からもふっているのか
かんぶくろの艸の実、艸の実、
土から離れたものはみなさみしい

ことばとからだが反目しあって
はらいせみたいに歩いたはずかしいほど歩いた

どこにも着きたくない歩くなのか
そうか小島はジャムを作るのか
線量計が鳴りやまないという
わかっている艸の実、艸の実、
泣いていいのはわたしではない

本能がうすく汚れている
いや本能と呼べるものがわからなくなっている
なぜとはなしにここと決めて
ふっと息で飛ばす艸の実、艸の実、
国家の時代はいつまでつづくのか
わたしはながいことどこにおったのか
すこしはましになりなさい

初出一覧

眼福

口福台灣食堂紀行　「現代詩手帖」八月号　二〇一〇年八月
集集線　未発表
埔里《プーリー》　「文學界」十月号　二〇一〇年十月
霧社　「交野が原」六九号　二〇一〇年十月
ファルモサ　「イリプスII nd」六号　二〇一〇年十一月
洛夫（ルオ・フ）　「イリプスII nd」五号　二〇一〇年五月
青空市　未発表
喰うてさきわう　「詩と思想」六月号　二〇一一年六月
タイペイ　未発表
伊達邵《イーターサオ》　「交野が原」六八号　二〇一〇年四月
高雄　「ポエームTAMA」七二号　二〇一〇年三月
ダマダマ！　未発表

音相

げんげなのはないぬふぐり　「現代詩図鑑」第九巻・一号　二〇一一年六月

書いてはやめる。　「馬車」四二号　二〇一〇年六月

空をはじめる　未発表

信じるひと　「すてむ」四六号　二〇一〇年三月

バス停のみえる場所　「交野が原」六七号　二〇〇九年十月

蚋　「びーぐる」五号　二〇〇九年十月

垰越え専門、という男のはなし　「イリプスII nd」四号　二〇〇九年十一月

雨にしかわからないことがある　未発表

宇品島　「交野が原」七二号　二〇一二年四月

ののもののののみど　「ポエームTAMA（ウェブ版）」一四号　二〇一一年二月

聲　「鶺鴒通信」μ冬号　二〇一一年十二月

艸の実、艸の実、　「交野が原」七一号　二〇一一年九月

口福《こうふく》台灣《たいわん》食《しょく》堂《どう》紀《き》行《こう》

著　者　松岡《まつおか》政則《まさのり》

発行者　小田久郎

発行所　株式会社思潮社

〒一六二―〇八四二　東京都新宿区市谷砂土原町三―十五

電話〇三（三二六七）八一五三（営業）・八一四一（編集）

ＦＡＸ〇三（三二六七）八一四二

印刷・製本　創栄図書印刷株式会社

発行日　二〇一二年六月三十日